Rosa y el experimento del gran puente
Rosa's Big Bridge Experiment

¡Huele!
¡Huele!
Sniff!
Sniff!

Child's Play (International) Ltd
Ashworth Rd, Bridgemead, Swindon SN5 7YD, UK
Swindon   Auburn ME   Sydney
ISBN 978-1-78628-640-6   L291121RW02226406
© 2021 Child's Play (International) Ltd
Printed in Heshan, China
3 5 7 9 10 8 6 4 2
www.childs-play.com

—¡Mira! —exclama Rosa—. ¡He construido un puente!
—Un puente conecta dos lugares —dice Román.

"Look!" exclaims Rosa. "I've built a bridge!"
"A bridge connects two places together," says Roman.

—¡Mira esto! —exclama Gina—. ¡He construido otro puente!
—¡Ja ja ja! Creo que eso se llama túnel —se ríe Mali.

"Look at this!" exclaims Gina. "I've built another bridge!"
"Ha ha! I think that's called a tunnel," laughs Mali.

—Construyamos un puente a través de este arroyo para nuestros vehículos —sugiere Gina.
—¿Qué tipo de puente vamos a construir? —pregunta Mali.

"Let's build a bridge across this stream for our vehicles," suggests Gina. "What kind of bridge shall we build?" asks Mali.

—El agua se mueve rápido —dice Rosa.
—Y está fría —se ríe Román.

"The water's moving fast," says Rosa.
"And it's cold," laughs Roman.

¡Jau! ¡Jau!
Yap! Yap!

—El puente tiene que abarcar el ancho del arroyo
—dice Rosa—. ¿Qué tan ancho es?
—Lo mediré con mi red —responde Román.

"The bridge has to span the width of the stream," says Rosa. "How wide is it?"
"I'll measure with my net," replies Roman.

—He hecho un puente colgante —dice Gina.
—¡Es demasiado inestable! —se ríe Rosa.

"I've made a suspension bridge," says Gina.
"It's too wobbly!" Rosa laughs.

¡PLaf!
Splosh!

—La arena está formada por pequeñas partículas de roca, por lo que debe ser muy fuerte. ¿Qué tal un puente de arco? —pregunta Mali. —¡Bueno, eso no funcionó! —dice Román.

"Sand is made of tiny particles of rock, so it should be very strong. What about an arch bridge?" asks Mali. "Well that didn't work!" says Roman.

—El puente tiene que ser estable para soportar
cualquier peso —explica Mali.
—¿Qué tal este bate? —pregunta Rosa.

"The bridge has to be stable to carry
any weight," explains Mali.
"What about this bat?"
asks Rosa.

—Podríamos construir un puente al borde del agua
—dice Rosa—. Pero, ¿se lo llevará la corriente?
—¡Como a mi chancleta! —se ríe Gina.

"We could build a bridge at the edge of the water," says Rosa.
"But will it get washed away?" "Like my flip-flop!" giggles Gina.

¡Suich! Swish!

—Eso no es bueno —dice Gina—. ¡El agua se ha llevado la arena y ahora el bate se va flotando!

"That's no good," says Gina. "The water has washed away the sand and now the bat is floating away!"

—Podemos equilibrar la madera sobre los cubos —dice Román.
—¡Probemos! —dice Rosa.

"We can balance the wood
on the buckets," says Roman.
"Let's test it out!" says Rosa.

¡Jau!
Yap!

—¡Oh, no, Copito está atrapado! —grita Rosa.
—¡Vamos a construir un puente y rescatarlo! —sugiere Mali.

"Oh no, Snowy Dog is stuck!" shouts Rosa.
"Let's build a bridge and rescue him!" suggests Mali.

¡Jau! ¡Jau!
Yap! Yap!

—¡Rápido! —exclama Rosa—. ¡Emergencia!
—Estas grandes piedras deben soportar nuestro peso —dice Mali.

"Quick!" exclaims Rosa. "Emergency!"
"These big rocks should support our weight," says Mali.

—¿Qué más podemos usar? —pregunta Rosa.
—Esta tabla debe ser lo suficientemente larga
para llegar a Copito —dice Román.

"What else can we use?" asks Rosa.
"This plank should be long enough
to reach Snowy Dog," says Roman.

—¡Al rescate! —se ríe Mali.
—¡Estas piedras forman un gran puente! —exclama Gina.

"To the rescue!" laughs Mali.
"These stepping stones make a great bridge!" exclaims Gina.

—¡Oh, Copito —sonríe Román—, ya estás a salvo!
—¡Trabajo en equipo! —grita Rosa.

"Oh, Snowy Dog," smiles Roman. "You're safe now!"
"Teamwork!" shouts Rosa.

¡Jau!
¡Jau!

Yap!
Yap!